ME QUEDO CONTIGO

Para Gabriel, que es brillante en todo sentido
y por quien siento un cariño fabul*oso*.

S.P-H.

Este libro está dedicado a las tazas de té rajadas
que hay en todas partes.

S.S.

Me quedo contigo
Tom Percival
Título original: *I'm sticking with you*
Texto traducido al español por Laura Esteve

De la edición en español:
Coordinación editorial: Florencia Carrizo
Corrección: Cristina Paoloni
Diagramación: Pablo Ayala

Primera edición.

editores

Av. Donado 4694 - C1430DTP
Buenos Aires, Argentina.
E-mail: info@catapulta.net
Web: www.catapulta.net

ISBN 978-987-637-989-2

Impreso en China en octubre de 2021.

Halls, Smriti
   Me quedo contigo / Smriti Halls ; ilustrado por Steve
Small. - 1a ed. - Ciudad Autónoma de Buenos Aires :
Catapulta , 2021.
   48 p. : il. ; 20 x 28 cm.

   Traducción de: Laura Esteve.
   ISBN 978-987-637-989-2

   1. Libro para Niños. I. Small, Steve, ilus. II. Esteve, Laura,
trad. III. Título.
   CDD 808.899282

ME QUEDO CONTIGO

Smriti Halls y Steve Small

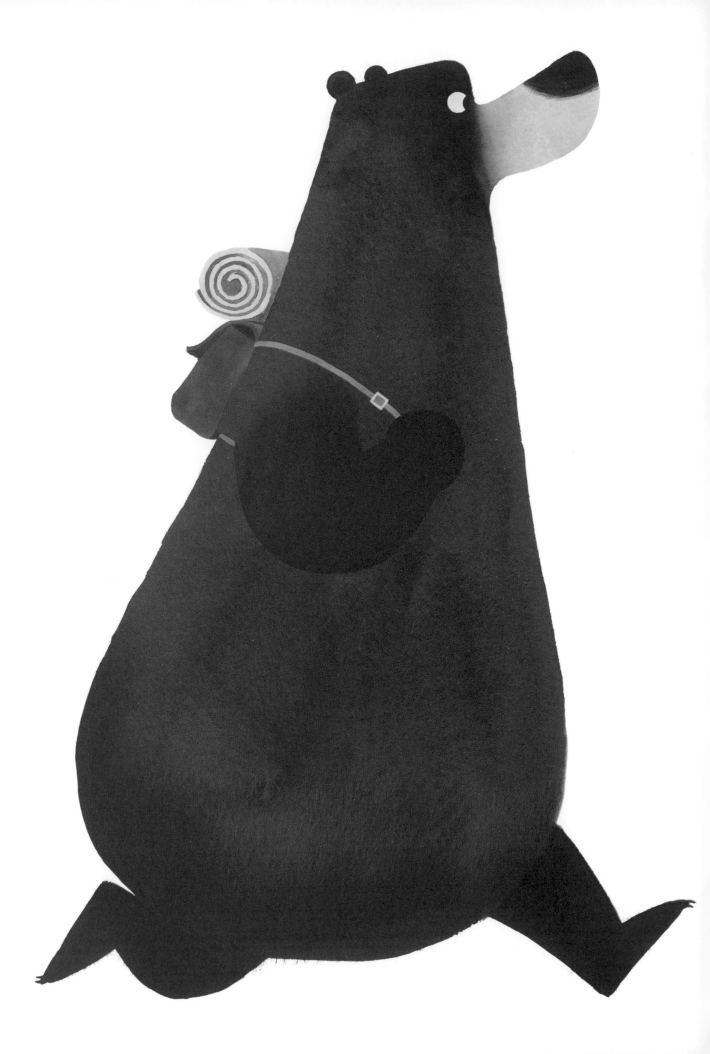

Vayas adonde vayas,
yo voy contigo.

Hagas lo que hagas,

me quedo contigo.

Aunque seas gruñón,

hagas locuras,

o estés enojado.

En las buenas…

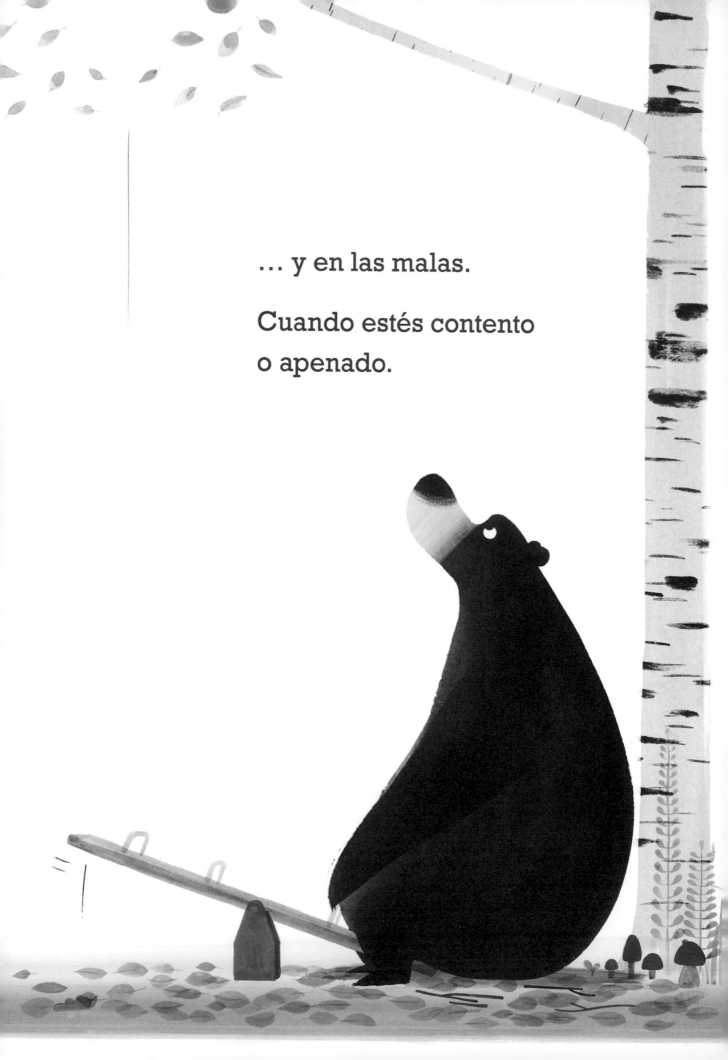

… y en las malas.

Cuando estés contento
o apenado.

Cuando quieras
contarme algo,
soy TODO OÍDOS.

A escuchar TODAS
tus ideas,
estoy decidido.

¡CRAC!

Estoy aquí para ayudarte en lo que sea…
incluso si las cosas se ponen un poco feas.

No importa lo que hagas…

a tu plan me UNIRÉ.

Quizás creas que no puedo, pero sí que podré.

Intentaré hacer lo que *nunca* haría…

¡si no te tuviera a TI
como guía!

Somos el uno para el otro,
tú y yo nos
complementamos.

Como las frutillas con crema,
igual de bien combinamos.

En cualquier aventura,
estoy a tu lado sin falta.

No hay río demasiado ancho
ni montaña demasiado alta.

Sentarnos cerca del lago.
Sentarnos sobre el acantilado.
Sentarnos junto al glaciar.

Comer el pastel de
un bocado.

Nosotros...

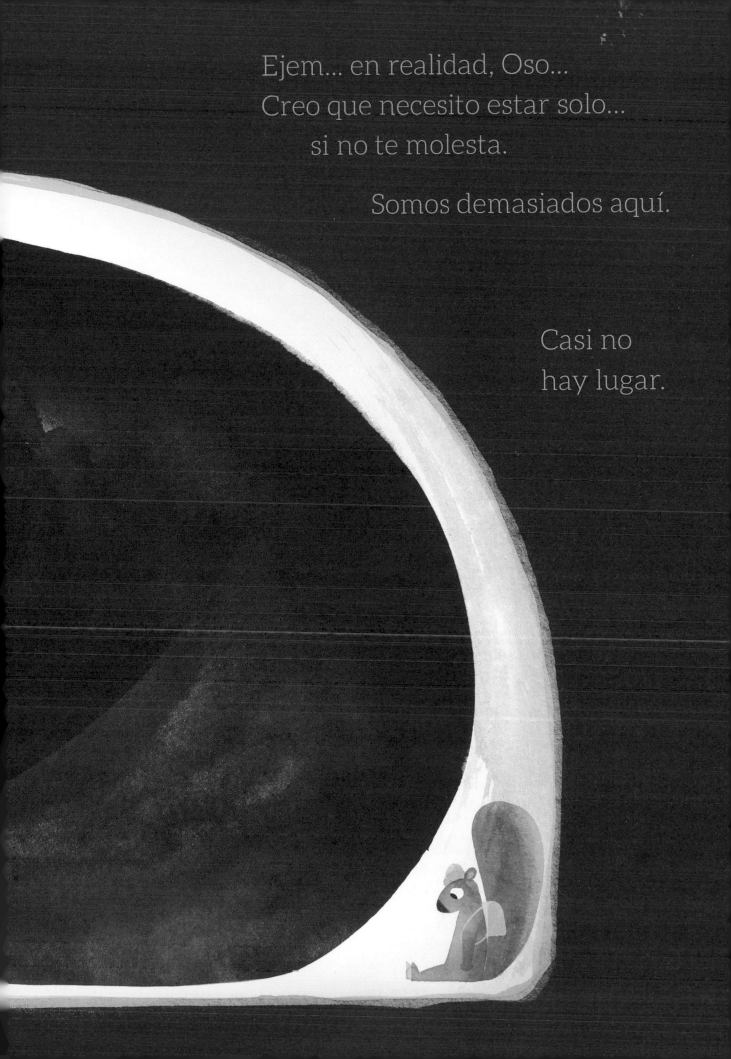

Ejem... en realidad, Oso...
Creo que necesito estar solo...
si no te molesta.

Somos demasiados aquí.

Casi no
hay lugar.

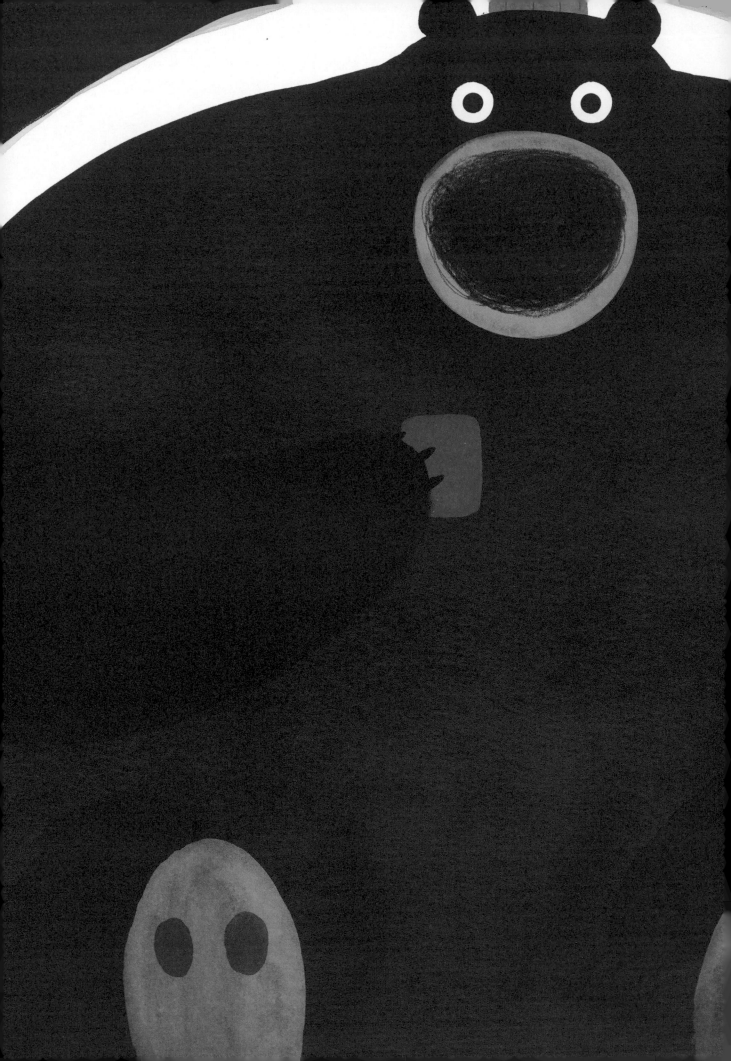

¿Sí...?

¿Estás *seguro*?

Ah…
Bueno, está bien.

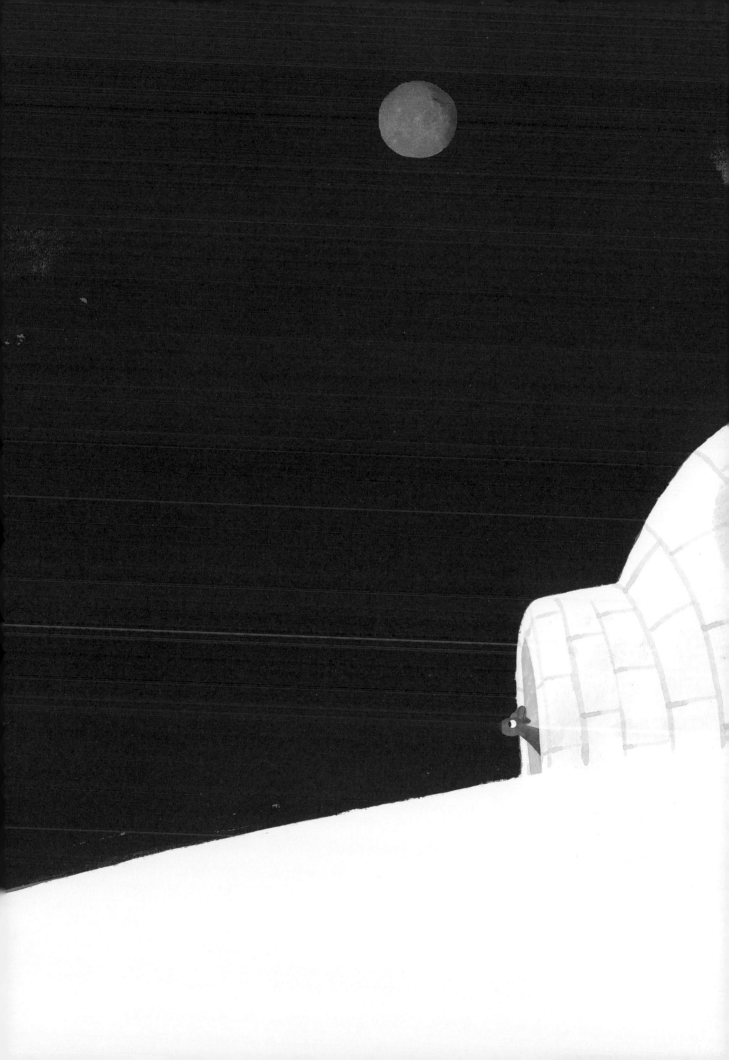

¡Ah! Así está mejor,
cada cosa en su lugar.

Todo limpio y ordenado,
¡tengo el espacio adecuado!

Puedo hacer lo yo que quiera,
a la hora que prefiera.

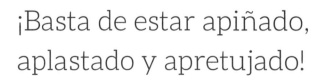

¡Basta de estar apiñado,
aplastado y apretujado!

Es un muy buen cambio...
estar en soledad.

Hacer lo que tenga ganas.
Solo de verdad.

Tengo todo lo
que puedo pedir...
y no lo tengo
que compartir.

Todo es perfecto...

salvo que...

¡EXTRAÑO A OSO!

En realidad...
¡Oye, Oso!
(Oso... Oso... Oso...)

¡Regresa!
(Esa... esa... esa...)

¿A quién quiero engañar?

¿Qué SERÁ de mí sin ti?
¿Quién más me escuchará?

¿Qué haré?

¿Quién a ser cada día mejor me ayudará?
¿Quién el último chocolate conmigo compartirá?

¿Yo sin ti?
No funcionaría.

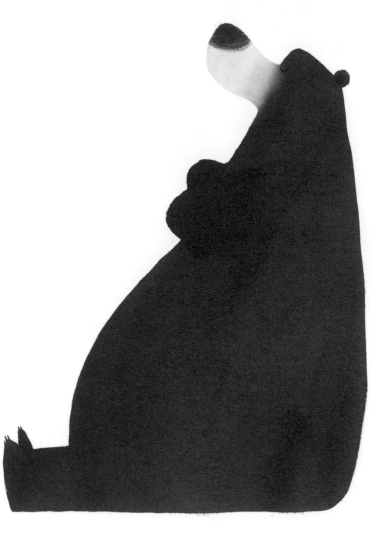

Así que, te guste
o no te guste,
TÚ y YO unidos
estamos.

En las buenas
y en las malas,
nos acompañamos.

Podemos perder...

podemos ganar...

pero no nos vamos a alejar.

Vamos a recoger los pedazos.

Vamos a arreglar el bote.

Repararemos lo que esté roto.

No habrá quien nos derrote.

Aunque nos despeguemos,

no nos separaremos.

¿Cómo podríamos?
Si estamos unidos de corazón.

Volveremos a juntarnos,
como naipes en el mazo.

Como el dulce con el pan.

Como amigos en un abrazo.

ENTONCES...
Vayas adonde vayas,
yo voy contigo.

Hagas lo que hagas,
me quedo contigo.

Y te guste, te encante,
o no…

somos un equipo tú y yo…

... y ¡TE QUIERO

UN MONTÓN!

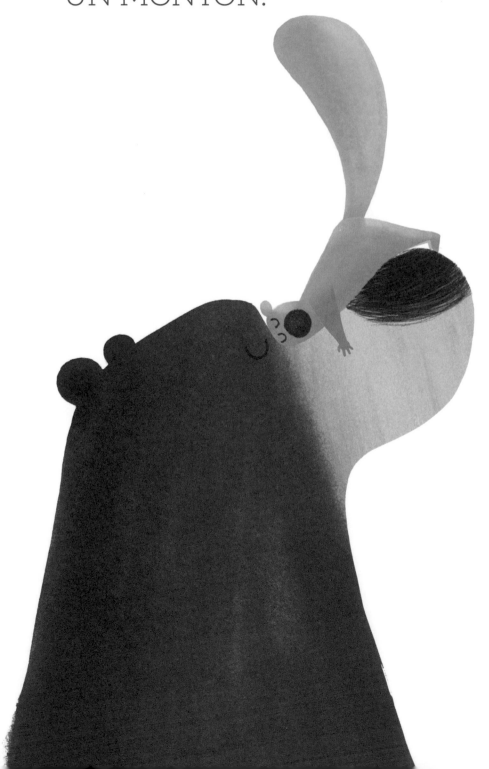